AF325945

Collection

d'Extrême-Orient

de M. HENRI M.

Mᵉ F. LAIR-DUBREUIL
M. André PORTIER

CATALOGUE

DES

OBJETS D'ART DU JAPON

Appartenant à Mr Henri M.

LAQUES

Inro. — Ecritoires. — Boîtes à parfums. — Peignes, etc.

Bois sculptés. — Céramique. — Bronzes.

Armures et pièces d'Armures.

Sabres. — Gardes, etc.

Masques.

ESTAMPES ET LIVRES ILLUSTRÉS

Paravents. — Kakemono. — Makimono.

Important Bouddha en bronze.

etc.

Dont la vente aura lieu à l'Hôtel Drouot

SALLE N° 7

les Mercredi 10 et Jeudi 11 Juin 1914, à 2 heures

Me F. LAIR-DUBREUIL	M. André PORTIER
Commissaire-Priseur	*Expert près le Tribunal civil*
6, rue Favart	24, rue Chauchat

Chez lesquels se distribue le présent catalogue.

EXPOSITION PUBLIQUE

HOTEL DROUOT, Salle n° 7, le Mardi 9 Juin 1914, de 2 heures à 6 heures.

CONDITIONS DE LA VENTE

La vente sera faite expressément au comptant.

Les acquéreurs paieront 10 % en sus des enchères.

L'expert assistant aux expositions se met à la disposition de MM. les Amateurs qui voudraient lui confier leurs ordres d'achat.

ORDRE DES VACATIONS

1re VACATION *Mercredi 10 Juin*	Céramique	Nos 105 à 141
	Divers	— 88 à 104
	Laques	— 1 à 87
	Bouddha	— 364 (à **4** heures)

2me VACATION *Jeudi 11 Juin*	Estampes	
	Livres	No 142 à 366
	Peintures	

LAQUES DU JAPON

1. — Inro à trois cases en laque *ro-iro*, décoré au laque d'or d'un cerf et d'une biche paissant sous un érable aux feuilles rosées par le soleil levant.

Signé : *Senryû*.

2. — Inro à quatre cases en laque *taka-makiye*, décoré en ors de différents tons, d'un oiseau de paradis sur une branche fleurie.

Signé : *Yôyûsai*.

3. — Inro à quatre cases en laque *makiye* offrant une vue du Fuji, au pic neigeux, s'élevant au-dessus des rizières.

XVIIIe siècle.

4. — Inro à trois cases en laque aventurine *nachiji*, décoré en laques d'or et d'argent de branches de lys fleuries.

Signé : *Koma Antô*.

5. — Inro à quatre cases en laque *tame*, décoré en laques d'or et d'argent de deux manzaï dansant pour le premier jour de l'an.

XVIIIe siècle.

6. — Inro à quatre cases en laque *ro-iro*, décoré en *togidashi* d'or de plusieurs personnages groupés près d'une corde après laquelle pend un vêtement. Ojime en bois incrusté de fleurettes de nacre et de corail, par *Shibayama*.

Signé : *Tatsuke Takamasa*.

7. — Inro à cinq cases en laque *ro-iro*, décoré en haut relief d'or finement ciselé d'un vol de cigognes, abattues près des bambous.

Signé : *Hasegawa*.

8. — Inro à quatre cases en laque *ro-iro*, décoré en togidashi d'or rehaussé de laque rosé, d'une scène où Daruma espionne une jeune femme accroupie, écrivant des poésies.

Œuvre d'un *Koma*.

XVIIIe siècle.

9. — Inro à deux cases, en laque d'or mat *kinnji*, décoré en *togidashi* et encre de Chine, d'un dragon menaçant, apparaissant dans les nuages.

Signé : *Kwanshosaï*, d'après un dessin de *Hogen Hidenobu*.

10. — Inro à trois cases, en laque noir *ro-iro*, décoré au laque d'or de deux pies se poursuivant dans les branches d'un arbre.

xviiie siècle.

11. — Inro à cinq cases, en laque *ro-iro*, richement décoré en relief d'or de la légende de Tokijo, enlevant de son cheval un guerrier.

Signé : *Kajikawa*.

xviiie siècle.

12. — Inro à cinq cases, en laque *taka makiye*, égayé de paillettes de nacre et d'or, représentant un vol de grues s'abattant dans les roseaux au bord du fleuve.

Signé : *Kajikawa*.

xviiie siècle.

13. — Inro à trois cases, très finement décoré sur un fond en *togidashi* imitant les veines d'un bois, de médaillons stylisés offrant des sujets variés. Rehauts de nacre.

Ojime en porcelaine : netsuke en ambre.

Signé : *Kajikawa*.

14. — Inro à trois cases, en laque *nachiji*, décoré en relief d'or et incrustations de nacre et de plomb de canards mandarins sur un lac, près de rochers.

xviiie siècle.

15. — Inro à quatre cases en laque noir *ro-iro*, richement décoré en laque d'or, de rochers (en laque *kirikane*) battus par les flots écumants, au soleil levant.

xviiie siècle.

16. — Grand inro à cinq cases, en laques d'ors divers, offrant plusieurs maisonnettes aux toits de chaume, plantées dans la verdure au bord du fleuve.

Netsuke en ivoire : Hotei jouant avec des enfants.

17. — Inro à trois cases, en laque *kinnji* (or mat uni), décoré à l'encre de Chine d'un dragon au milieu des nuages.

Signé : *Kwanshosaï*, d'après un dessin de *Hogen Eisen*.

18. — Inro à quatre cases, en laque *taka makiye*, offrant deux médaillons ciselés : l'un d'un vautour sur la branche d'un pin, l'autre un oiseau apeuré.

Ojime corail : netsuke en laque *tsuikoku*.

Signé : *Kajikawa*.

xviiie siècle.

19. — Joli inro à cinq cases, en laque d'or, offrant en fin relief de laques aux tonalités multiples un perroquet sur son perchoir et une corbeille de fruits.

Ojime en agate.

Signé : *Tojù*.

20. — Inro à quatre cases, en laque *mura nachiji*, décoré en togidashi d'or et d'argent, de cigognes survolant un marais, dans la brume du soir.

Signé : *Jôkasai*.

21. — Inro à trois cases, en laque d'or mat, décoré en applications de feuilles d'or et de nacre, de poissons et de branches fleuries.

Ojime en ivoire incrusté de pierres : netsuke en agate.

22. — Petit inro à quatre cases, en laque *nachiji*, de médaillons de laque d'or, ciselés de motifs fleuris variés.

Signé : *Hasegawa Shigeyoshi*.

23. — Inro à quatre cases, en laque noir *ro-iro*, décoré en togidashi d'or et d'argent, du pic neigeux du *Fuji* émergeant des nuages derrière le lac Biwa.

XVIIIe siècle.

24. — Inro à cinq cases, en laque *mura nachiji*, offrant, en laques d'ors aux tons variés, des médaillons fleuris de pins, de bambous, de mauves et d'iris.

XVIIIe siècle.

25. — Inro à cinq cases, en laque noir *ro-iro*, décoré en fin togidashi aux nuances délicatement variées d'un oisillon fuyant une branche d'églantine.

Signé : *Yôyûsai*.

26. — Inro à cinq cases, en laque *taka makiye*, très finement décoré en relief d'or et *togidashi*, d'un dragon tentant l'escalade du Fuji (symbole).

Signé : *Shôkwasai*.

27. — Inro à quatre cases, en très beau laque *makiye*, présentant deux médaillons ciselés : l'un d'un oiseau Hoô sur une branche fleurie, l'autre d'un cheval le front orné d'une corne.

Signé : *Kôryûsai*.

28. — Inro à quatre cases, en laque *ro-iro*, décoré en laques divers d'un guerrier à cheval, à qui un serviteur verse à boire.

XVIIIe siècle.

29. — Inro à quatre cases, en laque *nachiji*, décoré en laque d'or de deux personnages rentrant au village, conduisant un bœuf chargé de fagots.

XVIIIe siècle.

30. — Inro à quatre cases, en laque *nachiji*, décoré au laque d'or d'un paysage planté de pins au bord de la rivière. Passe un vol de moineaux, en incrustation d'or ciselé.

Ojime corail.

    Signé : *Kajikawa*.

    xviiie siècle.

31. — Inro à deux cases, en laque très finement poudré d'or, offrant en relief les deux figures de Shiveï, assis sur un poisson, lisant un manuscrit, et de Teïroï, sur une grue. Médaillons de chrysanthèmes impériaux.

    xviiie siècle.

32. — Boîte à papier (*Ryoshi bako*) et boîte écritoire (*Suzuri bako*), formant garniture en laque brun, décorées en laques divers et incrustations de nacre d'un motif d'écureuils dans la vigne.

    Japon, xviiie siècle.

33. — Boîte écritoire en laque aventuriné (*nachiji*), décorée en laques d'or et d'argent, de papillons butinant des pivoines. Le même décor se poursuit au revers du couvercle et à l'intérieur de la boîte contenant la pierre à encre et le mizuire.

    xviiie siècle.

34. — Boîte écritoire en bois naturel, décoré en applications de marbre et de plomb, rehaussée de laque *makiye*, de pins sur les rochers battus par une mer furieuse. Au revers du couvercle et au fond de la boîte, un décor en laque d'or sur fond *ro-iro*, montrant un vol de passereaux au bord des flots.

    Signée : *Nakano Magodayù*,
        avec l'assistance de *Nakamu shi Shôkurô*, pour le *makiye*,
        Nakamura Yahei, pour la pierre à encre.

    xviiie siècle.

35. — Très jolie boîte à parfums (*Ko-bako*) en laque *taka makiye*, d'une très belle qualité, décorée sur le couvercle et le pourtour d'une cascade tombant de collines abruptes, plantées de pins à proximité d'un village enfoui dans la verdure.

    L'intérieur des compartiments est doublé d'argent.

    Fin xviiie siècle.

36. — Très jolie boîte à parfums, en forme d'un double losange conjugué, en très beau laque *makiye*, décorée sur un fond pavé d'or de branches fleuries.

    Sur le pourtour de la boîte, des feuilles d'érable emportées dans un courant sinueux.

    À l'intérieur de la boîte, un délicieux plateau en forme, représentant une scène de rivière.

    Fin xviiie siècle.

37. — Très jolie boîte à parfums, en laque d'or mat *kinnji*, décorée dans le style de *Kworin*, en incrustations de nacre et de plomb, d'un vol d'oies sauvages.
L'intérieur de la boîte est doublé d'étoffe brochée.

38. — Très belle boîte à parfums, de forme irrégulière, en laque *nachiji*, décorée en relief d'or, sur le couvercle, d'un buisson de chrysanthèmes.
Très beau plateau intérieur, en forme, représentant un paysage maritime.
Fin XVIIIe siècle.

39. — Boîte à parfum, en forme de deux rectangles conjugués, en très beau laque d'or, décoré dans le style des Kajikawa, d'un très beau paysage de rivière, se poursuivant sur un ravissant plateau intérieur.
Le revers du couvercle et l'intérieur de la boîte sont pavés d'argent.
Fin XVIIIe siècle.

40. — Boîte à parfums, de forme irrégulière, imitant un nœud de bambou, le couvercle laque or étant décoré en incrustations diverses d'une pomme de pin et de feuillages divers.

41. — Boîte à parfums de forme rectangulaire en laque d'or, réservant sur le couvercle un panneau représentant une coiffure déposée sur un pont?
Fin XVIIIe siècle.

42. — Boîte à parfums, de forme ovale, finement décorée en ors de différents tons de feuillages variés, se poursuivant sur le pourtour de la boîte.
Fin XVIIIe siècle.

43. — Boîte à parfums, de forme rectangulaire, à deux compartiments, en laque d'or de différents tons et de diverses factures. Le couvercle est décoré de deux canards sous un pin. Le compartiment inférieur contient quatre très jolies petites boîtes imitant des couvertures de livres.
Fin XVIIIe siècle.

44. — Plateau (*Bon*) en laque noir *ro-iro*, décoré en laques d'or de différents tons et laque rose du décor symbolisant au Japon « la félicité et la longévité. »
Une grue et une tortue, *minogamé*, viennent se réfugier, au soleil levant, sur un îlot, au bord de l'eau planté de pins, de pruniers et de bambous (*shô-chiku-baï*).

45. — Peigne (*Kushi*) en laque d'or, décoré de médaillons stylisés, simulant l'armoirie impériale du chrysanthème.
Signé : *Yôyûsai*.

46. — Peigne offrant un décor similaire au précédent.
Signé : *Yômosaï*.

47. — Peigne en laque d'or, très joliment décoré d'un ruisseau serpentant entre deux berges fleuries.
XVIIIe siècle.

48. — Peigne en bois naturel, décoré au laque d'or d'une gousse enfeuillagée.

> Signé : *Noborimichi* (*Tōdō*).
> D'après un dessin de *Hōitsu*.

49. — Peigne en laque d'or, décoré en laques divers d'un motif imitant une étoffe brochée.
> Signé : *Nobusada*.

50. — Peigne en laque d'or incrusté de corail et décoré en togidashi d'un motif de branches fleuries et de poésies *tangaku*.

51. — Peigne en laque d'or incrusté de corail et de fleurettes d'argent, montrant un prunier, une cigogne et une tortue marine.
> Signé : *Hōunsai*.

52. — Épingle de chevelure (*Kanzashi*), offrant le même décor que le peigne nº 45.

53. — Épingle de chignon en laque d'or, à décor de papillons et de lianes fleuries.

54. — Épingle de chignon en laque d'or, décoré d'insectes variés en incrustations de nacre, écaille, etc.

55. — Garniture de trois coupes à sake (*chokū*) en laque rouge, décorée au laque d'or de shojo, buveurs de sake, jouant sur des ballots de riz.
> Signée : *Shōmosai*.

56. — Coupe à sake en laque rouge, décorée au laque d'or d'une maisonnette au toit de chaume, assise près d'un ruisseau sinueux, à l'ombre de pins séculaires.
> Signée : *Kajikawa*.

57. — Coupe à sake, l'intérieur laqué argent, décorée de deux toutous près d'une apparition darumanesque.
> Signée : *d'après un dessin de Okyo*.

58. — Coupe à sake en laque rouge, décorée en laque d'or d'un guerrier nu et velu (Choki?), jouant à *fukubiki* avec deux oni (diablotins).

59. — Coupe à sake en laque rouge : Okame poursuivant de... pois frais un oni qui s'enfuit.

60. — Trois autres coupes à sake, offrant des décors variés.

61. — Deux bols à thé couverts en laque noir, décorés en laque d'or et d'argent de moineaux pépiant dans les pins au soleil levant.

62-76. — Une collection de quinze très beaux masques anciens, représentant des types variés.
Seront divisés.

77. — Selle en laque mi-rouge, mi-noir, décorée au laque d'or de branchages fleuris et du chrysanthème impérial.
Inscription.

78. — Jardinière d'arbre nain, en bois naturel, très finement décorée en laque d'or de branchages fleuris.

79. — Netsuke en bois : chimère jouant avec une sphère ajourée.
Signé : *Masayoshi.*

80-81. — Deux netsuke en bois : masques.
Signés : *Dème-Yôman.*

82. — Netsuke en bois : Hotei et enfants.

83. — Pochette à tabac et étui à pipe en cuir : netsuke, bouton en ivoire, orné d'une plaquette en argent ciselée de chrysanthèmes.
Pipette en métal, fermoir de la pochette : chimère et pivoine.

84. — Autre pochette en cuir et étoffe : étui à pipe en bois à décor d'oiseaux hôo, en application argentée.

85. — Deux pipettes de femmes pour tabac japonais : l'une décorée de la légende de *Lie tieh Kwaï*, l'autre de dragons dans les nuages.

86. — Tube porte-pinceaux en laque rouge *tsuichu*, sculpté de scènes à personnages.

87. — Deux appliques en bambou sculpté de motifs fleuris.

ARMURES ET PIÈCES D'ARMURES

88-89. — Deux armures de Samuraï.

90. — Casque en fer forgé, de forme élevée, décoré en léger relief de fleurettes stylisées.

91. — Deux étriers en fer incrustés de cuivre et d'argent, à décor de motifs fleuris stylisés.

92-95. — Une collection de gardes de sabres, d'ateliers divers.
Sera divisée.

1*

96. — Beau sabre de cérémonie en laque aventurine, décoré au laque d'or d'armoiries de daymyo. Garniture en shakudo à fond *nanako* ornée des mêmes armoiries en or ciselé.

97. — Autre beau sabre de cérémonie en laque aventurine ; jolie garniture en métal argenté, très finement ciselée.
Lame signée : *Tomo*.

98. — Grand sabre en laque rouge pavé de nacre : garde en laque noir imitant le shakudo.

99. — Porte-sabre, de trois places, en laque aventurine, décoré au laque d'or de médaillons de dragons stylisés.

100-101. — Armes diverses.
Seront divisées.

102. — Fuchi Kashira, en *shakudo*, décoré sur fond de *nanako* de chevaux en incrustations de métaux divers.
Signé : *Aakagiken (Sekijoken) Taizan Genju*.

103-104. — Trois jolis menuki d'une grande finesse de ciselure.

PORCELAINE

105-125. — Une collection d'environ trente pièces en porcelaines diverses (vases, bols, brûle-parfums).
Sera divisée.

DIVERS

126-140. — Une collection d'environ vingt pièces (petits bronzes, bois, etc.)
Sera divisée.

141. — Petite table minuscule en cuivre, ornée d'un poisson en fer finement ciselé.
Signée : *Natsuo*.

ESTAMPES

HARUNOBU

142. — Format Chuban.
Jeune femme à cheval, conduite par une autre femme, passant en vue du Fuji.
>Signé : *Harunobu.*

143. — Format Chuban.
Poétesse sur son balcon, regardant des paysans se hâtant de rentrer les gerbes.
Belle impression.
>Signé :*Harunobu.*

144. — Format Nagaye.
Jeune femme grimpant à une échelle pour atteindre une branche fleurie : son kimono s'entr'ouve, un petit bassin s'en aperçoit et reflète l'image indiscrète, un rustre en profite.
>Signé : *Harunobu.*

KORIUSAI

145. — Fromat Oban.
Courtisane et sa suite, en promenade.
>Signé : *Koriusai.*

146. — Format Nagaye.
Jeune enfant tendant une bouche avide vers le sein de sa mère.
>Signé : *Koriusai.*

147. — Format Kakemonoye.
Personnage assis sous un pin (Hidomaru).
>Signé : *Koriusai.*

148. — Format Nagaye.
Courtisane en promenade, accompagnée de sa kamuro.
>Signé : *Koriusai.*

149. — Format Oban.
Jeune femme en promenade, suivie de ses deux kamuro.
>Signé : *Koriusai.*

150. — Format Nagaye.
Trois jeunes femmes dont l'une tendant une coupe à sake.
>Signé : *Koriusai.*

151. — Format Nagaye.
Couple sur une terrasse près d'une haie fleurie.
  Signé : *Koriusai.*

152. — Format Oban. — *Bako Yugenbori Inshi.*
Jeune femme regardant une étoffe décorée du Fuji que lui tiennent,
étendue, deux servantes.
  Signé : *Koryu (sai).*

153. — Format Oban.
Deux jeunes femmes, l'une debout passant un manteau à sa compagne
accroupie à ses côtés.
Jolie impression.
  Signé : *Koriusai.*

154. — Format Chuban.
Deux planches représentant des jeunes femmes en promenade.
  Signé : *Koriusai.*

155. — Format Nagaye.
Moine pèlerin contemplant le pic neigeux du Fuji.
  Signé : *Koriusai.*

156. — Format Nagaye.
Jeune femme au kimono souple tentant d'atteindre une branche fleurie ;
un bassin reflète une image intime.
  Signé : *Koriusai.*

SHOSADO KUBO SHUNMAN

157. — Format Oban.
Jeunes femmes en barque.
  Signé : *Shôsadô Kubo Shunman.*

KIYONAGA

158. — Format Oban.
Jolie estampe représentant un jeune homme et deux geisha dans une
maison de thé.
  Signée : *Kiyonaga.*

159. — Format Oban.
Poétesse sur une terrasse au bord des flots.
Bonne impression.
  Signé : *Kiyonaga.*

160. — Format Oban.
Dame noble et sa servante sur une terrasse au bord de la rivière.
  Signé : *Kiyonaga.*

161. — Format Oban.
Dame noble en costume de cour, se promenant au bord du ruisseau.
Jolie épreuve.
> Signé : *Kiyonaga.*

162. — Format Nagaye.
Jeune femme sortant du bain : son chien joue avec les plis de son peignoir.
> Signé : *Kiyonaga.*

UTAMARO

163. — Format Oban.
Très belle estampe sur fond micacé, représentant une jeune femme assise, le kimono entr'ouvert dégageant la poitrine.
Magnifique impression.
> Signée : *Utamaro.*

164. — Triptyque Oban (encadré).
Scène à l'intérieur d'une maison, animée par de nombreux personnages.
> Signé : *Utamaro.*

165. — Triptyque Oban (encadré).
La cueillette des kakis.
> Signé : *Utamaro.*

166. — Format Oban.
Planche représentant une courtisane accroupie près d'un vase fleuri.
> Signé : *Utamaro.*

167. — Format Oban.
Planche offrant le même sujet que la précédente avec une variante de tirage.
> Signé : *Utamaro.*

167 *bis.* — Format Oban.
Une suite de trente-trois estampes de sujets divers.
> Signée : *Utamaro.*
(Sera divisée).

168. — Format Nagaye.
Chubei et son ami en promenade.
> Signé : *Utamaro.*

169. — Format Oban.
Scène de fête pour le premier jour de l'an.
> Signé : *Utamaro.*

170. — Format Oban.
Le couple d'amoureux, Chubei et son ami s'enfuyant, lui la tête couverte d'un châle noir, elle d'une gaze blanche.
> Signé : *Utamaro*

171. — Triptyque Oban.

Des enfants déguisés en dieux du bonheur, se promenant, traînés par leurs mères, dans une barque à proue d'oiseau.

Signé : *Utamaro.*

172. — Triptyque Oban.

Des jeunes femmes, en barque et sur la rive, regardent des enfants se baignant.

Signé : *Utamaro.*

173. — Triptyque Oban.

Une foule se presse sur le pont de Ryogoku, un soir de feu d'artifice, pour voir passer les bateaux de geisha.

Signé : *Utamaro.*

174. — Triptyque Oban.

Les dieux du bonheur, en liesse, dans une maison de thé.

Signé : *Utamaro.*

175. — Triptyque Oban.

Curieuse estampe représentant l'entrevue de deux personnages d'allure coréenne.

Signé : *Utamaro.*

176. — Triptyque Oban.

Jeunes femmes en barque regardant relever un énorme filet de pêche.

Signé : *Utamaro.*

177. — Format Oban.

Courtisane accroupie sur une table basse et s'éventant.

Signé : *Utamaro.*

178. — Format Oban.

Courtisane vêtue d'une robe à décor de feuilles d'érable, assise à terre et ajustant sa coiffure.

Signé : *Utamaro.*

179. — Format Oban.

Scène de chasse au faucon : un fauconnier à cheval venant de jeter son oiseau sur un faisan qui s'enfuit à tire d'ailes.

Signé : *Utamaro.*

180. — Format Oban.

Courtisane vêtue d'un joli kimono vert, accroupie à terre et s'éventant.

Signé : *Utamaro.*

181. — Format Oban.

Courtisane en buste tentant d'enfiler une aiguille.

Signé : *Utamaro.*

182. — Format Oban.
Courtisane en buste.
> Signé : *Utamaro.*

183. — Format Oban.
Très jolie estampe représentant une scène de coiffure, avec un joli contraste
de grisaille et de brun dans les kimonos.
> Signé : *Utamaro.*

184. — Format Oban.
Jeune femme en buste tenant un chien dans ses bras.
Série (binocle).
> Signé : *Utamaro.*

185. — Format Oban.
Jeune femme en buste, tentant de déchiffrer par transparence l'inscription d'une lettre.
> Non signé, mais *Utamaro.*

186. — Format Oban.
Dans une maison de thé, un jeune homme, à la main osée, tend de la **main**
gauche une coupe à saké a une jeune femme musicienne : une amie contemple
la scène.
> Non signé, mais *Utamaro.*

187. — Format Oban.
Une jeune femme, la poitrine découverte, tente de faire glisser le kimono
de son ami, debout à ses côtés.
> Non signé, mais *Utamaro.*

188. — Format Oban.
Une jeune homme lutine une jeune femme accroupie : dans la lutte le
kimono s'entr'ouvre et permet à un jeune garçon un coup d'œil indiscret.
> Non signé, mais *Utamaro.*

189. — Format Oban.
Jeune femme sortant de son bain, accroupie devant un miroir indiscret :
une servante l'évente.
> Non signé, mais *Utamaro.*

190. — Format Oban.
Jeune femme debout : un homme agenouillé près d'elle, prend certaines
libertés, au grand émoi du garçonnet juché sur les épaules de la femme.
Belle impression.
> Non signé, mais *Utamaro.*

191. — Format Oban.
Deux courtisanes en buste.
Impression en noir.
> Signé : *Utamaro.*

192. — Format Oban.
Jeune femme et deux enfants jouant.
    Signé : *Utamaro*.

193. — Format Oban.
Jeunes femmes lavant un obi.
    Signé : *Utamaro*.

194. — Format Oban.
Trois jeunes femmes dans une maison verte.
    Signé : *Utamaro*.

195. — Format Oban.
Couple en buste, elle découpant des ombres.
    Signé : *Utamaro*.

196. — Format Oban.
Deux jeunes femmes et un garçonnet, ce dernier s'efforçant de tirer un sabre.
    Signé : *Utamaro*.

197. — Format Oban.
Si jeunesse savait ?
    Non signé, mais *Utamaro*.

198. — Format Oban.
Courtisane accroupie.
    Signé : *Utamaro*.

199. — Format Oban.
Scène dans une maison verte.
    Signé : *Utamaro*.

200. — Format Oban.
Jeune femme et sa servante.
    Signé : *Utamaro*.

201. — Format Oban.
Courtisane en buste.
    Signé : *Utamaro*.

TSUKIMARO

202. — Format Oban (encadré).
Jeune femme allaitant son enfant.
    Signé : *Tsukimaro*.

YEISHI

203. — Format Oban.
Trois jeunes femmes dans un intérieur.
  Signé : *Yeishi.*

204. — Format Chuban.
Promenade en kago sur les rives de la Sumida.
Cette estampe et les cinq suivantes forment une série complète.
  Signé : *Yeishi.*

205. — Format Chuban.
Deux jeunes femmes arrêtées près d'un jeune homme assis sur un banc
et fumant sa pipette.
  Signé : *Yeishi.*

206. — Format Chuban.
Trois jeunes femmes en promenade : une kamuro attache, en guise de
tangaku, un éventail à une branche d'érable.
  Signé : *Yeishi.*

207. — Format Chuban.
Trois jeunes femmes sur la terrasse d'une vérandah contemplent un
paysage couvert de neige.
  Signé : *Yeishi.*

208. — Format Chuban.
Trois jeunes femmes se promènent accompagnées d'un jeune garçon.
  Signé : *Yeishi.*

209. — Format Chuban.
Trois jeunes femmes contemplent une des leurs qui accroche une poésie
(tangaku) à une branche fleurie.
  Signé : *Yeishi.*

210. — Format Oban.
Courtisane assise près d'une table basse.
  Signé : *Yeishi.*

211. — Format Nagaye.
Jeune femme et sa kamuro en promenade.
Belle impression.
  Signé : *Yeishi.*

212. — Triptyque Oban (encadré).
Un jeune homme entouré de gracieuses jeunes femmes est arrêté dans un
jardin fleuri près d'un puits.
Jolie composition en tons grisailles se détachant sur un fond jaune.
  Signé : *Yeishi.*

213. — Format Oban (encadré).
Couple, elle debout en kimono noir, lui accroupi, resserrant les cordes d'un taïko.
Belle impression.
Signé : *Yeishi.*

ICHIRAKUTEI YEISUI

214. — Format Oban.
Couple en buste représentant Shirai Gonpachi et Ko-Murasaki.
Série de 6 estampes, intitulée : « Les deux amants ».
Signé : *Ichirakutei Yeisui.*

215. — Format Oban.
Couple en buste, Oume et Kumenosuke : lui, fumant sa pipette, elle, contemplant un livre.
Même série.
Signé : *Ichirakutei Yeisui.*

216. — Format Oban.
Couple en buste représentant Ohan et Chiémon : lui, tentant de lui faire glisser son kimono.
Même série.
Signé : *Ichirakutei Yeisui.*

217. — Format Oban.
Couple en buste représentant Osome et Hisamahu, s'enfuyant : lui, tient une lanterne à la main.
Même série.
Signé : *Ichirakutei Yeisui.*

218. — Format Oban.
Couple en buste, Rikiya et Konami : elle, lui tendant une tasse sur un présentoir.
Même série.
Signé : *Ichirakutei Yeisui.*

219. — Format Oban.
Couple en buste représentant Goro Tokimune et Shôshô : lui, tenant un éventail, elle, tenant une coupe à saké.
Même série.
Signé : *Ichirakutei Yeisui.*

YEISHO

220. — Triptyque Oban.
De gracieuses jeunes femmes simulent l'exhorte d'une mariée ; au deuxième plan le défilé des Renards pour le mariage de la fille du roi des Renards.
Belle impression.
Signée : *Yeisho.*

221. — Format Oban.
Couple sur une terrasse : par la baie ouverte, un paysage neigeux.
Signé : *Yeisho.*

CHOKI

222. — Format Chuban.
Jeune femme se disposant à monter en barque.
Signé : *Choki.*

SHUNCHO

223. — Format Nagaye (encadré).
Jeune femme fumant sa pipette.
Signé : *Shunchô.*

224. — Format Chuban (encadré).
Orchestre de jeunes musiciennes.
Signé : *Shunchô.*

225. — Format Chuban.
Trois jeunes femmes se rendant au temple d'Inari.
Signé : *Shunchô.*

KATSUSHIKA HOKUSAI

226. — Grand format hauteur.
Gardien de temple, un balai à la main, tendant une friandise à un singe assis sur un mât.
Signé : *Katsushika Hokusai.*

SHUNSHÔ

227. — Format Hosoye (encadré).
Deux hosoye d'acteurs :
L'un par *Bancho.*
L'autre par *Shunshô.*

228. — Format Hosoye (encadré).
Scène d'acteur.
Signé : *Shunshô.*

229. — Triptyque Oban.
Assemblée de lutteurs.
Signé : *Shunshô.*

BUNRO

230. — Format Oban.
Les deux fauconniers.
Signé : *Bunro* (Fuminami).

SHIKO

231. — Format Nagaye.
Courtisane et kamuro en promenade.
Signé : *Shiko*.

HOKUJU

232. — Format Oban.
Barques sortant du port, à Tsukudujima.
Signé : *Hokuju*.

SHUNYEI

233. — Format Oban.
Célèbre lutteur et son porte-sabres.
Signé : *Shunyei*.

SHUNZAN

234. — Format Chuban (encadré).
Trois jeunes femmes en promenade.
Signé : *Shunzan*.

TOYOKUNI

235. — Pentaptyque Oban (encadré).
Cortège passant sur la grève en vue du Fuji.
Signé : *Toyokuni*.

236. — Format Oban (encadré).
Trois jeunes femmes sur une terrasse fleurie.
Signé : *Toyokuni*.

237. — Format Oban (encadré).
Trois personnages groupés autour d'une jardinière fleurie.
    Signé : *Toyokuni.*

238. — Format Oban (encadré).
Jeunes femmes taillant des obi.
    Signé : *Toyokuni.*

239. — Triptyque Hosoye (encadré).
Scène à deux acteurs.
    Signé : *Toyokuni.*

240. — Triptyque Oban (encadré).
Scène à l'intérieur d'un palais. Jeune femme rasant la nuque de Kintôki.
    Signé : *Toyokuni.*

241. — Triptybe Oban (encadré).
Poétesse sur une terrasse regardant la lune qui se lève sur la Sumida.
    Signé : *Toyokuni* et *Hiroshige.*

242. — Format Oban (encadré).
Acteur en femme.
    Signé : *Toyokuni.*

243. — Format Oban (encadré).
Poétesse accroupie devant son shamisen, contemplant la lune qui se lève.
Intitulée : « Sanbijin : tsuki » (Les trois beautés : la lune).
    Signé : *Toyokuni.*

244. — Format Oban.
Deux planches d'acteurs en femmes.
    Signé : *Toyokuni.*

245. — Triptyque Oban.
Fête à l'intérieur d'un temple.
    Signé : *Toyokuni.*

246. — Triptyque Oban.
Le feu d'artifice sur la Sumida.
    Signé : *Toyokuni.*

247. — Triptyque Oban.
Une jeune femme et sa suite arrêtées sur la grève regardent des pêcheurs
d'awabi.
Jolie impression.
    Signé : *Toyokuni.*

248. — Triptyque Oban.
Scène d'acteurs ; au deuxième plan des personnages se promènent sous
les cerisiers en fleurs.
    Signé : *Toyokuni.*

249. — Triptyque Oban.
Un orchestre de musiciens s'arrête devant une maison verte dont les
fenêtres se garnissent d'aimables figures.
Belle impression.
Signé : *Toyokuni*.

250. — Triptyque Oban.
Scène d'acteurs devant une maison de thé.
Signé : *Toyokuni*.

251. — Triptyque Oban.
Personnages sur la grève en vue d'Enoshima.
Signé : *Toyokuni*.

252. — Triptyque Oban.
Dans une salle d'étude, des jeunes femmes apprennent à écrire à des
enfants.
Signé : *Toyokuni*.

253. — Triptyque Oban.
Jeunes femmes lavant du linge.
Belle impression.
Signé : *Toyokuni*.

254. — Format Oban.
Six planches d'acteurs offrant des sujets variés.

255. — Format Hosoye.
Quatre planches d'acteurs.

256. — Format Oban.
Scène à deux acteurs : l'un représentant Danjuro, l'autre une femme en
kimono noir.

257. — Format Oban.
Acteur en femme, une lance à la main.
Signé *Toyokuni*.

258. — Format Oban.
Deux acteurs en femme : l'un frappant un taïko, l'autre soulevant une
coiffure de cour.
Signé : *Toyokuni*.

259. — Format Oban.
Couple en buste, la femme offrant du sake à son ami accroupi près d'elle.
Excellente impression.
Signé : *Toyokuni*.

260. — Format Oban.
Deux planches d'acteurs représentant : l'une trois jeunes femmes jouant
au go ; l'autre, trois personnes regardant un jouet simulant un combat
de jeunes lutteurs.
Signé : *Toyokuni*.

261. — Format Oban.
Très jolie tête d'acteur, vêtu d'un kimono brun, se détachant sur un fond micacé.
Signé : *Toyokuni* (le Ier).

262. — Format Oban.
Trois acteurs au bord des flots, l'un d'eux habillé en femme.
Belle impression.
Signé : *Toyokuni* (le Ier).

263. — Format Oban.
Acteur en femme, vêtu d'un long manteau noir, secouant une cloche.
Signé : *Toyokuni*.

264. — Format Oban.
Deux acteurs, en guerriers.
Signé : *Toyokuni*.

265. — Format Oban.
Vue de Fuji, à travers les pins bordant la route.
Signé : *Toyokuni*.

266. — Format Oban.
Deux planches d'acteurs en femme.
Très beaux tirages.
Signé : *Toyokuni* Ier.

267. — Format Chuban.
Trois jeunes femmes sous la vérandah d'une habitation au bord de l'étang.
Belle épreuve.
Signée : *Toyokuni* Ier.

HIROSHIGE

268. — Format très étroit hauteur (encadré).
Trois vues de la série des beaux sites de Toto (Tokyo).
Signé : *Hiroshige*.

269. — Format chuban (encadré).
L'étroite vallée.
Signé : *Hiroshige*.

270. — Format Oban (encadré).
Edo Kindo Hakkei no uchi. Un des huit plus beaux sites aux environs de Yedo.
Signé : *Hiroshige*.

271. — Format Kakemonoye.
Grue et son nid sur le tronc d'un pin, au soleil levant.
Signé : *Hiroshige.*

272. — Diptyque Oban.
Le paysage d'Enoshima par un beau temps de lune ; au premier plan passe un samuraï suivi d'un jeune homme portant le sabre.
Signé : *Hiroshige.*

KIKUKAWA YEIZAN

273. — Pentaptyque Oban (encadré).
Cortège passant en vue du Fuji.
Signé : *Kikukawa Yeizan.*

274. — Format Oban.
Deux jolies pivoines largement épanouies opposent leurs pétales blancs et rouges.
Signé : *Kikukawa Yeizan.*
La même estampe.

275. — Format Oban.
Deux jeunes femmes lisent une longue lettre.
Signé : *Kikukawa Yeizan.*

276. — Format Oban.
Jeune femme accroupie, près des seaux fleuris d'un puits.
Signé : *Kikukawa Yeizan.*

277. — Format Oban.
A l'instar d'une légende japonaise montrant un guerrier poursuivant dans les flots une hideuse apparition, un garçonnet, aux côtés de sa mère, reflète dans une cuvette l'affreuse grimace d'un masque de Hania.
Signé : *Kikukawa Yeizan.*

278. — Format Oban.
Jeune femme à sa toilette, se contemplant dans un miroir.
Signé : *Kikukawa Yeizan.*

279. — Format Oban.
Jeunes femmes sur un ponton par temps de neige.
Signé : *Yeizan.*

KUNISADO

280. — Composition en sept feuilles Oban (encadrée).
Promenade sous les cerisiers.
Signé : *Kunisada.*

281. — Une série de triptyques Hosoye par *Shunko. Shunyei*, etc.
(Sera divisée).

282. — Trihtyque Oban.
Scène dans une maison de bains publics.
Signé : *Kunisada*.

KUNIMARU

283. — Format Oban (encadré).
Poétesse lisant une lettre, distraite par un vol d'oies sauvages.
Signé : *Kunimaru*.

284. — Format Nagaye (encadré).
Onze Nagaye offrant des sujets variés, par *Harunobu, Koriusai, Shunsho. Masanobu*, etc.
(Seront divisés).

285. — Une importante suite d'estampes par *Yeizan, Shunsen. Utamaro*, etc., etc.
(Sera divisée).

286. — Un lot important d'estampes diverses par *Kunisada,* *Yeizan, Shunko*, etc.
(Sera divisé).

287. — Un lot d'estampes diverses.
(Sera divisé).

KUNISADA

288. — Format Oban.
Trois planches d'acteurs.
Signé : *Kunisada*.

PEINTURES

289 A 289 g. — Format Uchiwaye.
Sept peintures de l'école de Tosa, en forme d'éventails, présentant des sujets variés.

(Seront divisées).

HOKYO

290. — Peinture encadrée.
Attribuée à *Hokyo*.

291. — Deux peintures sur soie représentant des faucons.
Signé : *Tanijusai*.

292. — Deux jolis petits paravents à six feuilles, de l'école de Tosa.
Scène au bord de la rivière.

293. — Deux grands paravents à trois feuilles, illustrant des légendes japonaises.
Le 1er ; Benkéi et Yoshitsune sautant la tour.
Signés par *Ogata Gekko*.

294. — Kakemono sur soie.
Deux jolies *oiran*, en promenade.
Par *Katsukawa Shunjô* (harutsune).

KAKEMONO

294 *bis*. — Kakemono sur papier.
Courtisane allant « à la fleur ».
Par *Ranshû*.

295. — Kakemono sur soie.
Dame de la cour (kwanjo) regardant un chat qui joue dans les plis de sa robe.
Par *Keishô*.

295 *bis*. — Kakemono sur soie.
Deux jeunes musiciennes, l'une d'elles lisant une lettre.
Par *Mori Gyokusen*.

296. — Kakemono sur soie.
Courtisane confectionnant une petite poupée.
        Par *Kikukawa Yeizan.*

297. — Kakemono sur soie.
Trois jeunes femmes lisant une lettre.
        Par *Gessai.*

298. — Kakemono sur soie.
Jeune femme debout tenant une enveloppe à parfums.
        Signé : *Hokuba.*
        Cachet : *Teisai.*

299. — Kakemono sur soie.
Jeune femme se hâtant, au bord de la rivière.
        Signé : *Teisai.*
        Cachet : *Hokuba.*

300. — Kakemono sur soie.
Courtisane debout.
        Signé : *Kôchôrô Toyokuni.*

301. — Très joli kakemono sur papier, représentant une poétesse arrêtée
au bord du ruisseau : un faisan s'envole.
        Signé : *Tanyû.*

302. — Kakemono sur soie.
Troupe de cigognes.
        Signé : *Toyohike.*

303. — Kakemono sur soie.
Oiran en promenade.
        Signé : *Harumasa.*

304. — Kakemono sur soie.
Jolie peinture représentant une carpe remontant un rapide.
        Signé : *Urano-suke Ganku.*

305. — Kakemono sur soie.
Jeune femme, un arc à la main, tenant de l'autre la bride d'un cheval
sur lequel se tient un guerrier.
        Signé : *Yeishi.*

306. — Kakemono sur soie.
Jeunes femmes se promenant au bord du lac, sous les cerisiers en fleurs.
        Signé : *Teisai.*
        Cachet : *Hokuba.*

307. — Kakemono sur soie.
Femme écrivant.
        Signé : *Kikukawa Yeizan.*

308. — Kakemono sur papier.
Femme debout, nouant un obi.

Signature et cachet : *Kokkei Yukimasa*.

309. — Kakemono sur soie.
Deux jeunes femmes se promenant, l'une portant une longue boîte en laque.

Signé : *Chikasai*.

310. — Kakemono sur soie.
Jeune femme en peignoir contemplant la lune qui se dégage des nuages.

Signé : *Shichiju-o Teisai* (Teissai, vieillard de 70 ans).
Cachet : *Hokuba*.

311. — Kakemono sur soie.
Deux jeunes femmes écrivant un souhait.

Signé : *Teisai*.
Cachet : *Hokuba*.

312. — Kakemono sur soie.
Jeune femme debout près d'une lanterne (*ando*).

Signé : *Sadakage*.

313. — Kakemono sur soie.
Groupe de grues.

Signé : *Toyohiko*.
Cachet : *Toyohiko*.

314. — Kakemono sur papier.
Jeune servante rattachant la socque de sa maîtresse par un temps de neige.

Jolie composition par *Ishikawa Takayasu*.

315. — Makimono à décor de nombreux personnages.
Cachet de *Kujonaga*.

316. — Kakemono sur soie.
Oiran en buste.

Signé : *Utagawa Toyokuni*.

317. — Kakemono sur soie.
Maisonnette au bord de la rivière.

LIVRES ILLUSTRÉS

318.   *Yehon Imayo Sugata*. — Album illustré sur les mœurs actuelles. Complet en deux volumes illustrés en couleurs.
   Datés de la 2ᵉ année Kyowa (1802).
   Signé : *Utagawa Ichiyosai Toyokuni*.

319. — *Zen Hokusai Fuji Shôkei*. — Les beaux sites du Mont Fuji, par *Hokusai*. Les 36 vues du Fuji.
   Édition datée de la 22ᵉ année Meiji (1888).
   Signé : *Hokusai*.

320. — *Tôkaido Gojùsan Tsugi*. — Les 53 étapes de la route du Tokaido. Plus une planche de Kyoto.
   Ces estampes sont disposées dans l'ordre conventionnel.
   Un album.
   Signé : *Hiroshige*.

321. — *Tôto Shôkei Ichiran*. — Vue des beaux sites de Tokyo. Deux volumes illustrés en couleurs.
   Datés : 12ᵉ Bunkwa (1815).
   Par *Hokusai*.

322. — *Ehon Monomi ga Oka*. — Scènes de fêtes. Un volume en couleur.
   Ni signature, ni date.

323. — *Fugaku Hyakkei*. — Les 100 vues du Mont Fuji. Trois volumes en noir.
   Par *Hokusai*.

324. — *Haiyu Sangai-Kyô*. — Album de peintures sur les acteurs. Deux volumes complets, en couleur. Bonne impression.
   Par *Utagawa Ichiyosai*.
   Toyokuni.

325. — *Yanagawa gwafu*. — Dessins de paysages. Un volume complet.
   Par *Yanagawa Shigenobu*.

326. — *Gojusantsugi Hokusai dôchu gwafu*. — Vues du voyage aux cinquante-trois étapes du Tokaido. Deux volumes complets, en couleurs.
   Par *Hokusai*.

327. — *Hokusai gwafu*. — Album de dessins d'*Hokusai*. Un volume complet, en couleurs.

328. — *Tôto meisho Ichiran*. — Vues des endroits célèbres de Tokyo. Deux volumes complets, en couleurs.
   Datés : 12ᵉ Kwansei (1800).
   Par *Hokusai*.

329. — Le tome II, du même ouvrage.

330. — Un volume en couleur.
    Par *Hokusai*.

331. — *Fugaku Hyakkei*. — Les 100 vues du Fuji.
Le 1er volume, seul, couverture gaufrée, édition plume de paon.
    Daté : 5e Tempo (1834).
    Par *Hokusai*.

332. — *Ogata uyû Hyaku-zu*. — Recueil de cent dessins de l'école de Ogata (Kworin).
Deux volumes en noir (complets).
    Datés : 25e année Meiji (1891).

333. — *Gyosai Gwadan*. — Causerie sur la peinture, par *Gyosen*.
Quatre volumes complets en noir.
    Datés : 20e année Meiji (1886).

334. — *Katsushika Shinso gwafu*.
Un volume illustré en couleur.
    Daté : 23e année Meiji (1889).

335. — *Shûbi Gwaken Koshin*. — Recueil de chefs-d'œuvre (2e série). — « Goshun, Okijô, Sôsen, etc. », réduits et copiés par *Keisho*.
    Daté : 23e année Meiji (1889).

336. — Le tome II du même ouvrage.

337. — *Chûko Ihomeika gwafu Chuko Meika Shubi gwafu*, etc., formant vingt-cinq collections de recueils de dessins et peintures de maîtres anciens.

338. — *Album d'Estampes* contenant vingt et une estampes (format Chuban) de *Suzuki Harunobu* (tirage Hayashi) et au verso dix surimono ou dessins divers.

339. — Album contenant onze estampes par *Shunsen*, illustrant le Chushingura ou drame des quarante-sept Ronin.

340. — Album similaire au précédent, mais signé *Ichigôsai Toyokuni*.
    (12 planches).

341. — *Nisshin Senso Shoraku Gwakwai*. — Dessins humoristiques concernant la guerre sino-japonaise.
    Par *Kujochika*.

342. — *Tokaido Gojusan Tsugi*. — Les stations de la route du Tokaido.
    Par *Kôchôrô Kunisada*.

343. — *Tokaido Gogusan Tsudi*. — Les cinquante-trois étapes de la route du Tokaido.
    Par *Hiroshige*.

344. — *Rokuju-yo-shû Meisho zû-e.* — Les beaux sites — endroits célèbres dans plus de soixante provinces.
    Par *Ichirijusai Hiroshige*.

345. — *Godotei Kunisada*. — Neuf estampes diverses.
    Par *Kunisada*.

346. — *Kashôsai Shunsen*. — Recueil de vingt-cinq estampes diverses.
    Par *Shunsen*.

347. — *Nisshin daisenso zô-e.* — Album de la guerre sino-japonaise, par plusieurs artistes, *Kiyochika, Ginko, Gekko*, etc.
Deux albums.
    Datés : 27-28e années Meiji (1894).

348. — Album d'estampes, par *Toshikata*.
26e année Meiji (1893).

349. — *Nippon Kodai Bijin shû.* — Recueil des jolis garçons et des belles filles, des temps passés.
Seize planches Kakemonoye.
    Par *Kikukawa Yeizan*.

350. — Quatre albums divers illustrant des scènes de combat (guerre russo-japonaise).

351. — Un album de très jolies photographies en couleurs, montrant différents types de japonaises et des scènes de mœurs.

352. — Soixante-sept numéros de la revue illustrée « *La Kokkwa* ».

353. — *Bijutsu Sekai*, revue japonaise des Beaux-Arts.
Les 25 premiers numéros, sauf les nos 2 et 15.

354. — *Yoyo no lukari*. « La lumière de toutes les époques ». Recueil de chefs-d'œuvre des grands maitres.
No 1 à 10.
    Datés : 26e année Meiji (1893).

DIVERS

355. — *Koi no Futosao*.
Trois volumes complets, en noir, représentant des scènes légères.
Très belle impression.

356. — Makimono, d'une très belle impression, formé de douze planches représentant des scènes légères.
    Non signé.

357. — *Yehon Warai Jôgo.*
Deux volumes (sur trois) illustrés en couleurs de scènes légères.
Non signés.

358-360. — Une collection de trente-trois estampes, de très belle impression, représentant des scènes légères.

361. — Triptyque Oban.
Jolie composition représentant un jeune homme et des jeunes femmes en barque sur la Sumida.

362. — Format Oban.
Sept jeunes femmes assemblées.
Signé : *Shisadô.*

363. — Format Oban.
Un lot de surimono représentant des sujets variés.
Par *Yeïzan, Kunissado, Kunitora,* etc.

BOUDDHA

364. — Très importante statue en bronze, représentant le Bodhisattva Jizo, sauveur des âmes, assis sur le lotus sacré à double rangée de pétales ; il est représenté, assis à l'européenne, la jambe gauche pendante, une main tient le sistre à anneaux, l'autre reposant sur le genou tient la boule *Mani* ; derrière la tête de la divinité, l'auréole *Chakra* (roue de la loi). Il est vêtu de l'étole sacrée, dégageant le bras droit et le haut du torse et maintenue à l'épaule gauche par une agrafe. Il a le signe de l'*ûmâ* au milieu du front.
Ce bouddha, exécuté pour un des temples de Nara, porte sur les pétales du socle les noms des prêtres et des donateurs.

XVII-XVIIIe siècles. Haut. 2 m.
Provient de la vente du marquis H. de C. (1888).

DIVERS

365. — Une vitrine.

366. — Lots omis.

RED. :

21

graphicom

BIBLIOTHEQUE
NATIONALE
DE FRANCE

****

CHATEAU
DE
SABLE

1996